Copyright do texto © 2022 Paula Mandel
Copyright das ilustrações © 2022 Luiza Nascimento

Direção e curadoria	Fábia Alvim
Gestão editorial	Felipe Augusto Neves Silva
Diagramação	Luisa Marcelino
Revisão	Iolanda Pedes

Catalogação na publicação
Elaborada por Bibliotecária Janaina Ramos – CRB-8/9166

M272p   Mandel, Paula

Pegadas / Paula Mandel ; ilustrado por Luiza Nascimento. - São Paulo, SP : Saíra Editorial, 2023.
40 p. : il. ; 24cm x 20cm.

ISBN: 978-65-86236-64-4

1. Literatura infantil. I. Mandel, Paula. II. Nascimento, Luiza (Ilustração). III. Título.

CDD 028.5

Índice para catálogo sistemático:
1. Literatura infantil 028.5

Todos os direitos reservados à Saíra Editorial

@sairaeditorial   /sairaeditorial
www.sairaeditorial.com.br
Rua Doutor Samuel Porto, 411
Vila da Saúde – 04054-010 – São Paulo, SP

Para Nara e Lev,
que já vão deixando suas pegadas pelo mundo.

"Aonde quer que eu vá, um poeta esteve lá antes de mim."
Sigmund Freud (1856-1939)

Rita parecia confusa. Olhava a estrada e não se decidia.

— E então você vai? — Perguntou a mãe.
— Não sei. Acho que não.
— Por quê? O caminho parece tranquilo. Além disso, há árvores nas beiradas para te dar sombra caso o sol fique ardido. E frutas, se a fome apertar.

— Por que mesmo eu deveria ir?

— E por que não?

— Porque em todo caminho que eu escolho alguém já passou antes. — Disse a menina, que queria descobrir alguma coisa e botar seu nome nela!

A mãe teve uma ideia.
— Veja! Meu anel caiu. Faça o favor de buscar?
Está logo ali na frente.

A menina pegou o anel, mas, quando se preparava para voltar à mãe, seus olhos notaram algo no chão.

Eram pegadas. Pequeninas.
"Pisaram de levinho aqui".
Curiosa, Rita acompanhou as pegadinhas.

Alguns passos mais e elas cessaram diante
do que devia ser a casa de suas donas.
"Que bela construção", admirou-se.

— Mãe, já estou voltando!
— Não tenha pressa! — Estimulou a mãe.

"Não tenho é nada que fazer aqui", pensou a menina, encolhendo os ombros. Mas, quando ia voltar, reparou numas pegadas enormes e fundas.

Resolveu segui-las.

E, já que a mãe não estava mesmo com pressa, decidiu que não faria mal seguir um pouco mais.

"Esses aí enxergam longe e vão além", pensou Rita, com respeito.

"Ah! Esse aí quer despistar os intrusos..."

E ficou aliviada com isso.

Enquanto seguia, Rita foi descobrindo que tem gente que deixa um rastro de sujeira.

E há aqueles que bloqueiam a passagem.

"Sem noção!"

Mas também existem os que abrem caminho para os demais.
"Que bom que essas pessoas existem", aprovou.

Chegou a uma clareira onde avistou uma mangueira ao pé de um riacho. Colheu algumas mangas e deliciou-se.

Descansou um pouco à sombra, e, depois, o riacho de água fresca a convidou para um mergulho.

Reencontrou sua mãe sorrindo.
— Mãe, eu trouxe de volta o anel.

— E então? Alguém já tinha passado naquele caminho? Descobriu alguma coisa interessante?

— Descobri que eu também deixo pegadas.

Paula Mandel, a autora

Nasceu em São Paulo e deixou algumas pegadas por aí. Já foi advogada, escreveu para adultos e para crianças e hoje é psicanalista. Tem dois filhos, uma enteada, três gatos e um cachorro. E muitas plantas.

Luiza Nascimento, a ilustradora

Cresceu na casa dos avós, onde havia muita gente grande e muitos quartos — todos eles tinham pranchetas, mesas de desenhar. Sua mãe era artista e professora de artes. Seu avô tinha uma gráfica, fábrica de fazer livros. Quando ficou grande, foi estudar Belas Artes. Fez outras coisas por alguns anos e, agora que é vovó, voltou a pintar quadros e a ilustrar livros — o que sempre foi seu sonho. Nasceu em Irati, uma cidade no interior do Paraná, mas a casa dos avós fica em Curitiba, onde mora, fazendo dos sonhos realidade.

Esta obra foi composta em Menco e New Kansas
e impressa em offset sobre papel couché brilho 150 g/m²
para a Saíra Editorial em 2023